EL HOMBRE DE ORO

RUBÉN DARÍO

Roma, bajo el imperio de Tiberio César. Apacible la noche y el cielo enorgullecido de constelaciones. Cerca del foro de Apio y de las Tres Tabernas, una callejuela serpentina, rama de la vía principal, conducía a un barrio poco frecuentado, como no fuese por marinos y comerciantes al por menor que hacían su viaje de Brindis, Capua y lugarejos intermedios. Las casas, o más bien barracas enclenques, amontonadas, y las tortuosas sendas que las dividían, no parecían por cierto halagüeñas y atrayentes en aquel pequeño rincón de tristeza y de silencio, que no era turbado sino por una que otra riña de la tienda de algún vendedor de vino, o en el miserable habitáculo de alguna prostituta de la plebe.

Aquella noche clara y constelada y por aquella callejuela, a intervalos, misteriosamente, uno después de otro, pasaban unos cuantos hombres y mujeres. Todos penetraban por la estrecha puerta de una casa formada de piedras y tablas entre los cimientos de una mansión derruida. A pasos cansados, una anciana llegó por último, apoyada en el brazo de un hombre. Ambos, antes de entrar se volvieron a mirar por largo rato hacia el fondo de la callejuela.

–Lucila fue en busca de su hermano –dijo el joven–. Nereo ha partido a Ostia desde hace tres días. Lucila ha ido a encontrarle a la entrada de la ciudad.

–¿No habrá llegado antes que nosotros?

Penetraron. Todavía se vio asomar la cara de la anciana, inquieta, tanteando en la sombra, la diestra en forma de visera, queriendo taladrar la lejanía nocturna con sus pupilas, tan cansadas como sus piernas.

En lo interior de la casa he aquí lo que se veía, a la luz de tres lámparas de arcilla.

Sentados en toscos bancos, hombres y mujeres, de diversas edades y de distintos aspectos, se agrupaban cerca de un viejo, fuerte y de enérgicos rasgos, vestido de una larga túnica gris, ceñida a los riñones con una cuerda de lana. Su cabellera, partida en dos largas alas, de plata oscura, le rozaba los hombros. El ala izquierda no llegaba a ocultar una cicatriz en el cuello y la falta absoluta de una oreja. Sobre las rodillas de aquel hombre había un rollo de cuero, atado, sin abrir aún.

Escuchaban de sus labios una narración que se interrumpió a la llegada de la anciana y de su compañero. Se levantaron todos y besaron fraternalmente a los recién llegados.

–¿Y Lucila?

–Lucila quedó en ir al encuentro de su hermano, que llegaba hoy de Ostia.

Una mujer, vestida a la griega, y en cuyo traje se veían las señales del viaje, exclamó:

–Le he encontrado cuando se dirigía al puerto. Me ha dicho: «Febe, la bien venida, lleva mi beso de paz a nuestros hermanos.»

–Entonces Lucila no será con nosotros esta noche –dijo uno de los asistentes–. Así podéis, ¡oh Santo Maleo!, empezar la lectura de la carta de nuestro padre.

–Es todavía temprano, Amplias –replicó el otro–. Y puede el amado diácono proseguir su narración, mientras damos tiempo a Lucila de acudir a esta cita que tan buena parte le toca. ¿No ama ella filialmente a nuestro maestro? ¿La olvida él acaso en los saludos bondadosos con que nos favorece particularmente en sus epístolas?

Por tanto, he aquí que el diácono reanudó su relato:

–... En aquel instante, como os he dicho (siervo del sumo sacerdote, llena el alma de pecados, pues en ella más de una vez habían habitado los demonios), en aquel momento, al llegar a nosotros el soplo del aire que iba del lado del Cedrón, impregnado del aliento de los olivares del huerto que estaba situado en aquella parte del arroyo, sentí como un comienzo de despertamiento en lo más hondo de mi espíritu. No, no había llegado aún el rayo de la gracia sagrada; mas algo me decía: «¡Aguárdate, Maleo, divinos y conquistadores espantos!» Llegamos bajo los árboles... ¡Oh noche!, ¡mis ojos aún lloran!... Los soldados de los fariseos y de los sumos sacerdotes iban cautelosos, con sus luces. Adelante iba el traidor. Yo, junto a él, llevaba una linterna. Entonces apareció, pálido y divinamente luminoso en la sombra, nuestro Jesús. Dijo: «¿A quién buscáis?» «A Jesús Nazareno.» Y Jesús dijo: «Yo soy» Caí por el suelo como echado por un gran viento. Miré: todos habían caído como yo... Volvió a preguntar: «¿A quién buscáis?» «A Jesús Nazareno.» «Os digo: Yo soy; mas si a Mí me buscáis, no hagáis mal a los que me acompañan.» Entonces fue cuando el Vendedor le dio un beso. Y entonces fue cuando Pedro me hirió la cabeza con su espada y Dios el corazón con su misericordia.

Todos quedaron silenciosos al concluir sus palabras el santo diácono. Éste, despaciosamente, desligó y desenvolvió el rollo de pergamino y comenzó a leer con voz pausada:

–«Pablo, siervo de Jesucristo, llamado a ser apóstol, apartado para el evangelio de Dios, que él había antes prometido, por sus Profetas en las Santas Escrituras de su hijo Jesucristo, Señor Nuestro, el cual fue hecho de la simiente de David, según la carne, y fue declarado ser el Hijo de Dios. Con poder según el espíritu de la santidad, para la resurrección de los muertos; por el cual recibimos la gracia y el apostolado para hacer que se obedezca a la fe en todas las naciones, en su nombre; entre las cuales sois también vosotros, llamados de Jesucristo: a todos los que estáis en Roma, amados de Dios, llamados a ser santos: gracias a vosotros y paz de Dios nuestro Padre y del Señor Jesucristo. Primeramente, doy gracias a mi Dios por Jesucristo, acerca de todos vosotros, de que se habla de vuestra fe por todo el mundo. Porque testigo me es Dios, al cual sirvo en mi espíritu en el Evangelio de su Hijo, que sin cesar me acuerdo de vosotros siempre en mis oraciones; rogando, si de algún modo ahora al fin haya de tener, por la voluntad de Dios, próspero viaje para venir a vosotros. Porque deseo en gran manera veros para repartir con vosotros algún don espiritual, a fin de que seáis confirmados; es a saber, para ser juntamente consolado con vosotros, por la mutua fe: la vuestra y juntamente la mía.»

El diácono se detuvo, y dijo:

–¡Oh hermanos míos en Nuestro Señor! Ya veis cómo una vez más, Pablo, nuestro maestro y director, nos muestra la dulce fortaleza de su corazón. Vosotras ya sé que le amáis y le reverenciáis. Tú, hermana, que has llegado con el santo presente de Canchreas, ¿cómo miras a Pablo?

–Le miro como una altísima torre de bronce.

–Tú, Epenesto, el lirio de Acaya, ¿cómo le miras?

–Le miro como un gran roble donde duermen las tempestades de Dios.

–¿Y tú, Priscila?

–Como mi sacra ayuda por el Señor Dios.

–¿Y tú, Aquila?

–Digo lo que mi hermana Priscila.

–¿Y tú, Olimpas?

–Pablo es mi montaña; yo en él encuentro el frescor de la sombra, el agua cristalina y la santa boca del león.

–¿Y tú, Filólogo?

–Pablo truena; le amo con temor y me humillo delante de la tormenta de su lengua.

–¿Y tú, a quien Pablo besa con reverencia, tal como tu hijo Rufo?

La anciana, que estaba inquieta por la ausencia de Lucila, contestó:

–¡Le amo! ¡A mí, pobre oca, ese santo fénix me llama su madre!

–¿Y tú, Rufo?

–*Yo* le miro como a un arcángel que fuera mi hermano.

–¿Y tú, Hermes?

–Como la estrella que nos guía al encuentro de Jesús.

–¿Y tú, Patrobas?

–No le miro: él me mira y yo ciego.

–¿Y tú, Flegonte?

–¡Hacha es, terrible hacha! ¡Corte el tronco envenenado!

–¿Y tú, Asyncrito?

–Yo no sé hablar. Digo: ¡Pablo! Nada más.

–Y tú, Perside, caballera de la fe, ¿cómo le miras?

–Me llamaba Saula; por él soy Perside.

–¿Y tú, buen Herodión?

–Una misma sangre corre en nuestras carnes, y, gracias a él, una misma creencia en nuestras almas.

–¿Y tú, Stakis?

–Yo soy en su torbellino como un grano de arena.

–¿Y tú, Andrónico?

–Con Junia le acompañé en la cárcel: somos también de su sangre como Herodión: competimos en amor para él. Él nos levanta en el vuelo de su bondad. ¿Qué hemos hecho? Oír la voz de Dios.

–¿Y tú, María?

–Yo le veo como a mi Señor.

Y Maleo:

–Bendita sea la voluntad del Señor; y a Corinto vayan nuestros recuerdos; y el nombre de Pablo, con nuestras oraciones, al cielo de Nuestro Señor Jesucristo. Amén.

Y fijo de nuevo en el pergamino, prosiguió leyendo:

–«... Mas no quiero, hermanos, que ignoréis que muchas veces me he propuesto venir a vosotros (empero hasta ahora he sido estorbado), para tener también entre vosotros algún fruto, como entre los otros gentiles. A griegos y a bárbaros, a sabios y a ignorantes, soy deudor. Así es que, en cuanto está en mí, pronto estoy a anunciar el Evangelio también a los que estáis en Roma. Porque no me avergüenzo del Evangelio de Cristo, porque es poder de Dios para salvación de todo aquel que cree: al judío primeramente y también al griego. Porque en él la justicia de Dios se descubre de fe en fe, como está escrito: el justo vivirá por la fe. Porque se manifiesta k ira de Dios desde el Cielo, contra toda impiedad e injusticia; porque lo que de Dios se puede conocer, en ellos es manifiesto; porque Dios se lo ha manifestado. Porque las cosas invisibles de él, entendidas son desde la creación del mundo; por medio de las cosas que son hechas, se ven claramente, es a saber, su eterno poder y divinidad, para que queden sin excusa. Porque habiendo conocido a Dios, no le glorificaron como a Dios, ni le dieron gracias: antes se desvanecieron en sus discursos, y el tonto corazón de ellos fue entenebrecido, que diciéndole ser sabios fueron hechos insensatos; y trocaron la gloria de Dios incorruptible en semejanza de imagen en nombre corruptible y de aves, y de animales de cuatro pies, y de reptiles. Por lo cual Dios también les entregó la inmundicia, según las concupiscencias de su corazón,..»

La puerta se abrió violentamente; todos se alzaron sorprendidos, y entró una joven, casi una niña, blanca, desmelenada, trémula, gritando:

–¡Socorro! ¡Favorecedme, por Nuestro Señor Jesús!

Iodos exclamaron:

–¡Lucila!

Al mismo tiempo, las lujosas togas de dos caballeros romanos aparecieron, sobre las cuales dos rostros encendidos por el vino; de la boca de uno de ellos, un hombre entrado en edad, salió una gran risa. Y el otro dijo:

–¡Buen fauno!

II

Si por la Vía Sacra, en la hora del paseo de las gentes elegantes o en las fiestas bulliciosas de la aristocracia, en el Forum, o bien en los lugares de veraneo y baños a la moda, hubieseis preguntado quién era el más alegre, el más gentil, el más derrochador, el más mundano de los jóvenes de la alta sociedad romana, de seguro que os hubieran respondido que era Quinto Flavio Polión. En la más bella edad estaba, y cogió a dos manos las frescas flores del jardín de su vida; tenía todavía algún tiempo para ostentar la purpúrea franja de su pretexta, y gozar del amor acendrado y la inmensa fortuna de su excelente padre, de quien había heredado gran fortaleza física, hermosura y salud. De su abuelo Cayo Asinio, celebrado por Horacio y protector de Virgilio, tenía la claridad mental y la pasión dichosa de las artes y de las letras. Había viajado, principalmente, por Grecia, y residido algún tiempo en la Galia Transpadana, en donde su ilustre antecesor había administrado el país, por favor de Antonio, antes de ascender a la dignidad consular.

Quinto Flavio, cuando las fatigas de la vida urbana y las agitaciones de sus desahogos juveniles llegaban a cansarle, íbase a buscar paz y gozo más apacible a su villa tiburtina, una preciosa y gallarda villa, no lejos de la modesta granja en que se refugiara, años antes, deseoso de la tranquilidad campestre, y de vivir en compañía de las musas, el lírico amante de Lidia.

La granja estaba situada casi en la falda del Lucretilo, en terreno fértil, con bellas vistas. Desde ella se dominaba el panorama de Roma, con sus alturas y cúpulas. Era una mansión construida por un excelente arquitecto dirigido por el gusto del dueño; y, aunque no de grandes proporciones, lo suficientemente holgada y cómoda para albergar entre sus refinamientos más de media docena de huéspedes. A caballo, o en cómodos vehículos, íbase fácilmente de la ciudad en unas tres horas y media. En las cercanías de Roma, Quinto Flavio tenía caballeriza mantenida con su propio peculio; así se evitaba él y evitaba a sus invitados las molestias consiguientes a las *collegia jumencatoríum,* establecimientos de posta mal servidos, a pesar de las promesas de sus gerentes parlanchines y de las significativas águilas o grullas que decoraban sus portones y zaguanes.

Llevado por sus aficiones, y también un tanto por la moda, había hecho construir, con cierto gusto griego, su morada de campo el bizarro joven. Alzábase, encantadora desde lejos, la fachada blanca del edificio, cuyo frente de graciosas y finas columnas resaltaba entre la mancha verde de las arboledas vecinas.

A la derecha de la entrada se extendía una preciosa terraza ornada de estatuas y de vasos floridos; a la izquierda, una viña lujosa enredaba su retorcida y opulenta cabellera, formando una fresca y deliciosa penumbra. Más allá, una larga alameda de tupidos plátanos vibraba y cabeceaba a los contrarios vientos. En lo interior todo era de un lujo principesco, y ordenado asimismo según la fantasía del propietario. Primeramente el salón de recepción, todo adornado de mármoles, en combinaciones policromas, y cuyo pavimento de mosaico era una maravilla de color. Un Apolo de gran tamaño y un Eros adornaban el recinto, cuyo amueblado hubiera podido competir con el de los mismos palacios cesáreos. Una alta puerta conducía al *triclinium*, o comedor, que contenía, conforme al uso establecido, tres mesas largas. El piso de mosaico, pórfido rojo y piedra amarilla antigua, formaba armoniosas combinaciones geométricas. A los lados, cerca de las ventanas que daban paso al aire y a la luz, pequeños simulacros divinos se asentaban en sus nichos. Las mesas de fina encina estaban sostenidas por delgadas columnas de marfil anilladas de plata; y los lechos para los convidados eran obra de artistas. Cerca, llevada por cañerías, y en una taza enorme de mármol, caía, musical, el agua, en una continua cascada diamantina. Luego, en las habitaciones que se extendían al fondo de la mansión, se hallaba la biblioteca, bien surtida de poetas griegos y latinos; los dormitorios, adornados con estatuas de mosaicos, decorados de púrpura y sedas; el baño, una gran concha marmórea, y en las paredes, pinturas y simulacros eróticos de admirable naturalidad y gracia.

Allí, en su retiro, pasaba horas de oro el dichoso mancebo millonario y *dilettante*, con los amigos que le hacían compañía, su excelente cocinero, una que otra querida, y la gente de la servidumbre.

En la terraza, al caer de una tarde milagrosa, echados sobre pieles, estaban Folión y varios amigos suyos, huéspedes temporarios que habían ido a acompañarle, mientras pasaban en sus casas de la ciudad las fiestas de Bona, celebradas por las mujeres con sus misteriosos ritos. Eran esos amigos: Axio, centurión, mozo de una treintena de años, recién llegado de Judea; Lucio Varo, poeta, más o menos de la edad de Folión, de quien era compañero asiduo en placeres y viajes, y Acrino, el más joven de los tres, un efebo de ponderada belleza y raro intelecto, de madre griega y padre romano. Cerca de cada cual había colocadas grandes fruteras llenas de higos, peras y manzanas, y de cuando en cuando un esclavo pasaba sirviéndoles sendas copas de rico vino cécubo.

—¡Bello sitio, por vida mía! —exclamó Axio irguiendo el busto, mordiendo un higo y girando alrededor la vista—. Esas cercanas y risueñas colinas se me antojan en sus ondulaciones una sucesión de senos.

—Es la fuerza de Cibeles —dijo Varo con la mirada fija en un punto del horizonte, a la derecha, donde se alzaban, en el temblor crisoviolado de sus crestas heridas por el sol poniente, las admirables montañas sabinas.

Folión prorrumpió:

—Os juro que muchas veces he pensado encerrarme por siempre en este retiro; no volver a Roma, vivir admirado y comunicando con la Naturaleza. Gran razón tenía Lucrecio al afirmar que no hay placer comparable a estar tendido bajo un árbol frondoso, al canto de un arroyo cristalino.

—Puedes encerrarte como un caracol, o hacer la vida de un gimnosofista —agregó con risa sonora el rubio Acrino, sacudiendo su rizada, pomposa y áurea crin de semidiós.

Y Axio en voz burlona:

—*Hic jacet* Vatía.

–En realidad –prosiguió Folión–, quisiera seguir el ejemplo de Servilio Vatia. No hay duda de que los dioses no han podido crear o inventar nada como el placer y es indiscutible que Roma es un inmenso paraíso de placeres; por lo mismo, mayor debe ser la áspera hez que encontraremos después de apurar las delicias de Roma. El mismo Lucrecio expresa otra gran verdad cuando afirma que de la fuente de todo placer surge la amargura.

Acrino levantó su copa:

–Brindo porque mis ojos no vean nunca la fea máscara del hastío, y las Parcas se acuerden tanto de mí como yo de la vieja Batta.

Y Folión:

–Calla, mi buen Acrino. Tú estás aún en el comienzo de la primavera; tienes la divina coraza de la adolescencia que te libra de toda herida; el Hastío mismo no puede tocarte con su brazo de sombra; las Horas te coronan de rosas; las Gracias te aman; Venus recibe con la sonrisa en los labios tus ofrendas. Rosado y florido, eres semejante a su hijo Eros. Pero ya te llegará el día triste en que el Tiempo te traiga sus funestos presentes.

–La felicidad –dijo el centurión después de apurar un gran sorbo de vino–, la felicidad absoluta la da sólo la juventud. Después, el hombre sólo puede aspirar a un goce relativo. Alejandro no era feliz y era dueño de la gloria de Alejandro. ¿Las legiones, los triunfos de las campañas, las águilas victoriosas, el dominio del mundo? Alejandro no era feliz con todo eso.

Acrino murmuró:

–Alejandro despedía de su cuerpo un suave perfume.

Y Folión:

–Así lo asegura al menos Aristoxeno en sus Comentarios.

Y Varo:

–Las Musas, amigos míos, dan a mi entender la verdadera dicha. Ellas coronan de flores inmortales a sus protegidos; hacen que sus nombres venzan al Tiempo, les ayudan en las empresas de amores y les brindan el favor generoso de los monarcas y de los potentados.

–Desde Homero, poesía y miseria son una misma cosa –agregó el militar.

–Pues el dueño de aquella casa que desde aquí se divisa no ha sido por cierto un mendigo de la Saburra –dijo Varo, señalando hacia la colina cercana donde se levantaba la estancia que fuera de Horacio.

–¿Creéis que Horacio fue un hombre feliz?

Y Quinto Flavio Folión, con una sonrisa amargada:

—Yo puedo deciros cómo el cantor de Lidia no fue un hombre feliz. Mi padre conocióle ya anciano en casa de mi ilustre abuelo, que, como sabéis, en sus últimos años, para descansar de sus fatigas de guerrero y de político, se consagró por completo a su afición invencible: las letras. Había hecho a Horacio más de un valioso servicio personal, y ligados por la gratitud del uno y la admiración del otro tuvieron íntima amistad hasta la muerte. Un día mi padre oyó las amargas confidencias del poeta a su amigo. Amigos, escuchad lo que os voy a decir: Horacio fue más desventurado que un mendigo de la Suburra.

—¿Y Mecenas? —dijo Lucio Varo.

Folión irguió todo su busto sobre la piel de pantera, y respondió:

—Pues, precisamente, por Mecenas.

—¿Sabéis lo que oyó mi padre? Oyó las quejas de aquel pobre viejo glorioso, que tuvo que pasar la vida entera con una máscara de contento, mientras le mordían el alma crueles serpientes. Sabéis bien que no era de familia patricia; por tanto, tuvo que padecer más de una vez desdenes de torpes y elegantes imberbes y de altos histriones bien peinados. Sabéis también que era un carácter independiente y generoso y Mecenas le puso en el pescuezo un yugo de oro. Y ese mismo yugo no creáis que fuese tan rico y espléndido. Volved la vista a esa casita y decidme si ha podido ser la propiedad de Creso. Es proverbial que nuestro célebre lírico no iba y venía de Roma sino en una tarda muía sin rabo. Luego, Mecenas le humillaba con su pompa; y sus mismos favores tenían que ser recompensados con dáctilos y pirriquios. El hombre superior y bondadoso recibía los sestercios y mordía su freno dorado; y para desquitarse de su cabalgadura descolada, celebraba a Mecenas y cantaba al César, montado en el caballo Pegaso. Y en medio de su cólera de poeta cortesano exprimía la adulación hasta el último jugo y llamaba a su rico protector «su tesoro», «su amparo», «su gloria». Y él se empequeñecía cuanto podía, él poeta, y; por tanto, aristócrata y príncipe de nacimiento, a quien habrían sido pocos los palacios de Darío y los esplendores de Ecbatana; y decía contentarse con este modesto retiro y serle más grata su existencia mediana que todos los triunfos y tesoros. Ciertamente, él a todas las cosas presentaba una faz risueña; pero su orgullo íntimo sangraba, y Mecenas, espeso, ingenuo e imposibilitado para comprender el alma de Horacio, le abrumaba a odres de vino, murenas frescas y francolines asiáticos. Y luego, amigos míos, ¿creéis que Horacio con todo el oro del mundo habría alcanzado la dicha? Lúculo era enfermo del vientre; Creso, un tanto hipocondríaco, y Mecenas mismo más de una vez afrentó al poeta a causa de ataques biliosos. Verdad es que después le pedía amistosamente perdón. El oro no es la felicidad. Y a propósito, ¿creéis que el Hombre Amarillo, mi excelente vecino, sea feliz?

—Yo no le he visto sino una sola vez vagando solitario a las orillas del Tíber —dijo el centurión—. Parecióme, en efecto, no ser su rostro amarillento, el rostro de un hombre dichoso. Me llamaron la atención su palidez y el áureo esplendor de su traje.

—No es dichoso, ciertamente, a lo que juzgo —continuó Folión—, y, sin embargo, ¡es tan rico!

Acrino agregó:

—Se le llama también el *Hombre de Oro*.

–Sí. Es, sin duda, un excéntrico y merecería ser hijo de Dánae. Como os he anunciado, comerá con nosotros. Su quinta está situada tras la próxima colina. Ya le veréis de cerca dentro de pocos momentos.

–Feliz judío –agregó, con tono mordaz, Acrino.

–Judío; pero ha comprado dignamente la ciudadanía romana.

–¿Hace tiempo que reside en Roma?

–En Roma hace poco tiempo; pero desde hace como veinte años ha permanecido en la provincia. Llegó con buenas recomendaciones de Poncio Pilatos, el que fue gran pretor de Judea; y así mereció el apoyo de César. Hombre inteligente, desde el primer momento se ganó una fortuna. Inició varias empresas a la vez y lo que mayor ganancia le produjo fueron ciertos trabajos de las nuevas carreteras y parte del servicio de postas. Tiberio le recomendó eficazmente para todo. Después ha aumentado su fabulosa fortuna en el juego. El juego, las mujeres y el vino son sus solos atractivos sobre la tierra.

–¡Saludo, pues, al Hombre de Oro! –exclamó Lucio Viro, bebiendo otra copa de cécubo que el esclavo acababa de servirle.

–Luego –prosiguió Folión– ese apodo le viene por su excepcional y rara crisofilia. Ama el oro, el oro pálido, el oro rojo, el oro de la seda, el oro de la joya, el oro de los cabellos femeninos, el oro del sol y el oro de las monedas. Y fábula será o cosa cierta, mas es fama entre los que le conocen que el oro va hacia él, como atraído por un irresistible y particularísimo imán. Los dados parece que le obedecieran, los traidores huesecillos son esclavos de sus manos. El oro va hacia él: es el Hombre Amarillo. Y las cabelleras rubias también van hacia él: es el Hombre de Oro.

Entre tanto, la sombra nocturna había suavemente invadido el cielo. De las parras vecinas llegaba el clamor de los grillos, y de los plátanos, solemnes en el crepúsculo, el saludo persistente de una cigarra.

–Mas si he de deciros la verdad –continuó Folión–, el Hombre de Oro padece hoy duro capricho a causa de una cabellera dorada que ha resistido las atracciones de su imán...

–¿De quién es esa cabellera? –prorrumpió Acrino agitando la suya perfumada.

–Os diré la aventura más singular. Mi extraño amigo encontró no hace muchos días en una calle de Roma a una joven del pueblo, blanca como una ninfa y rubia como una espiga. Llamóla y ella huyó con más ligereza que Atalanta. Él la siguió hasta cerca del foro del Apio y de las Tres Tabernas. Como ella siguiese por una callejuela tortuosa no pudo él darle caza, pero ordenó a un esclavo que le seguía averiguase en qué gruta moraba la hamadríada. Contóme él lo sucedido y yo le he alentado para que permanezca en su capricho y la esquiva cabellera de oro venga al Hombre de Oro. La vieja Batta, en efecto, es excelente medio para el caso.

–Eres un amigo incomparable, Folión –dijo Varo, levantándose–, mas la noche nos rodea ya y el apetito nos urge.

Se dirigieron todos a la sala de conversación. Los esclavos recogieron pieles, fruteras y copas. Las constelaciones estaban ya despiertas. Al penetrar los amigos por el peristilo, a la sala del locutorio que les llamaba clara y tibia mientras llegaba el momento de ir al *triclinium*, se oyeron voces por el sendero vecino, tras la viña, y se vieron brillar antorchas en el fondo negro de la noche.

La servidumbre de Folión sacó linternas y hachas. De pronto penetró por la senda embaldosada, precedido y seguido de siervos, en una litera digna de Sardanápalo, oro, plata y seda, pero sobre todo oro, el magnífico vecino de Folión, el Hombre Amarillo.

Folión les presentó a sus amigos, y todos juntos entraron en la sala de conversación. No tomaron allí asiento, porque el centurión clamó con una grave voz:

—¡Por todos los dioses! El olor de la cocina llega sutilmente hasta mí, y juro que devoraré como un Polifemo.

Acrino dijo:

—Yo desfallezco.

Un momento después, todos estaban tendidos en los lechos y saboreaban con apetitosa música de labios y de lengua el primer plato de la cena.

Cerca, se oía caer el agua de la cañería, musicalmente.

Sobre el lecho, diríase un gran insecto cuyo cuerpo estuviese polvoreado de áureo polvo; desde el calzado a la cabellera veíase el vago resplandor del metal misterioso; él brillaba entre los hilos de las telas; la túnica habría encantado a un sacerdote de Apolo, y en las manos, sobre todo, manos angulosas, pesadas de sortijas como las de un rey bárbaro, saltaban, al baño de la luz, los pequeños relámpagos de las joyas. El Hombre de Oro comía, sin decir una palabra.

Su aspecto representaba una edad de cincuenta y cinco años macizos; apenas uno que otro mechón de hilos plateados surgía en su cabellera poblada y su gran barba roja, tupido toisón adherido como una vegetación de alambre a la saliente mandíbula. En sus ojos fríos de ídolo, ojos metálicos, se notaba el *epicantus* de algunas razas asiáticas; la nariz, osada como una proa, se encorvaba sobre la boca sinuosa, entre las dos salientes y deslavazadas ágatas de los pómulos. Por la frente, como tallada, huían hacia las sienes las cejas aegipánicas. Comía el Hombre de Oro, silencioso.

Pálido era, de una palidez mineral, a punto de que la piel de sus manos y de su frente se hubiera dicho usada a la continua, como una piedra de toque. Tan solamente la llama del vino ponía su congestión en aquel rostro extraño.

El silencio fue roto por la voz de Axio, que acababa de aspirar el perfume de una fuente de murenas que era conducida por un esclavo:

—¡Hocrum!, ¡hocrum! La salsa vale un tesoro, mi querido Polión. Eumolpo, en la cocina imperial, envidiaría este manjar a tu cocinero.

Las murenas, cocidas enteras, se enrollaban sobre la gran fuente, nadando en la negra salsa del pescado seco, fabricado especialmente en Pompeya.

–Era una sorpresa que te preparaba –dijo Polión–. Seguramente tu salsa preferida no te ha acompañado en tus andanzas por Siria y demás lugares que has recorrido.

–He soportado las penalidades del servicio, como un estoico. Y te aseguro que más de una vez me acordé allá lejos de las delicias de tu hospitalidad.

Acrino exclamó:

–Yo soportaría todo por ver paisajes nuevos, bellezas nuevas. ¡Dichosos vosotros que habéis visto otro cielo que el sempiterno cielo que cubre las Siete Colinas!

El Hombre Amarillo abrió por fin los labios:

–¡Ah, viajar, andar; molesto, fatigoso!

Su palabra era de plomo. Advertíase la espesura de roca de aquel intelecto. La idea escasa se filtraba a gotas.

El poeta Lucio Varo dijo:

–En cuanto a mí, desearía en mis talones las alas del dios Mercurio. Cada aurora me encontraría en país nuevo. Hoy saludaría a la ilustre Atenas; mañana alzaría el vuelo hacia la India; luego, a los reinos de las maravillas.

Folión prosiguió:

–He oído una explicación, a mi juicio muy ingeniosa y de bella filosofía, sobre el ansia que la mayor parte de los hombres sienten de cambiar de clima, de tierra, de cielo. Como sabéis, los astros del cielo están en relación con nuestros destinos. Nuestras almas están influenciadas por la música pitagórica; hay en nuestro ser una parte que nos viene de la altura luminosa. Pues bien: así como los celestes astros están en continuo movimiento (y si lo suspendiesen cesaría el orden en la máquina del Universo), nuestra naturaleza nos impulsa también a no permanecer fijos en un solo punto. Y yo opino que nada hay que nos fortalezca más, espíritu y cuerpo, que el vaivén de los viajes. Necesaria nos es la traslación. De mí diré que tengo por el mejor tiempo de mi existencia aquel en que recorrí la Grecia y el Egipto. Grecia, sobre todo, amigos míos...

–¡Griego y ocioso! –dijo, riendo, el centurión.

–¡Ah maligno y suspicaz Axio!, aunque quieras aplicarme ese refrán en boga, te diré que no es por gozar de muelles placeres ni vivir como un sibarita, que yo desearía visitar frecuentemente la Grecia. Bien sabes que yo en todas partes procuro que las Horas me sean propicias y pasen delante de mí sonrientes y gratas. Tampoco soy de los que hoy ridiculizan todo lo romano y se dan falsos aires de griegos. No; yo gusto de esa tierra por su hermosura única, por su sol, sus ciudades, su cultura, sus artes, sobre todo. No me arrepiento de haber gastado buenas sumas de oro en la adquisición de las obras artísticas que poseo. Además en Grecia, la poesía flota en los aires, halaga los ojos con la visión de espectáculos armoniosos. El idioma supera al nuestro en belleza y música. ¡Ah, el griego puro, qué soberbio, qué soberano instrumento de ideas! No este griego que oís hablar en Roma a los profesores y otras gentes que afectan maneras atenienses; no. Si queréis oír hablar a los dioses, id como yo a Nacianzo.

Volvieron a quedar en silencio. Los esclavos llenaban de cuando en cuando las copas.

–¿Falerno? –preguntó Axio.

–No –dijo el dueño de la casa–, aulón, de primera calidad. Es regalo de un amigo que posee viñas en ese sitio.

Después de varias libaciones, Acrino tenía en las mejillas dos llamas de rosa. Reía alegremente como una niña; miraba burlonamente al vecino de Folión; agitaba la cabellera.

De pronto:

–¡Ah Folión! ¿Y las coronas?

Éste hizo una seña a uno de los esclavos. Dos niños entraron luego con una ancha cesta llena de ramos y flores.

–¿Qué preferís, amigos míos? –preguntó el anfitrión.

Axio dijo:

–Mirto: el mirto refresca más las ardientes frentes.

El Hombre de Oro articuló:

–Mirto, sí, mirto –y devoró un gran trozo de pescado.

Lucio Varo apuró cinco veces el contenido de su vaso, pues cinco eran las letras del nombre de su querida.

–A vos os toca ahora, vecino. Por la cabellera dorada de la fugitiva ninfa.

–¡El nombre! –gritó jovialmente el centurión.

–Sabéis –dijo el Hombre de Oro, dirigiéndose a Folión– que no conozco el nombre. Es un capricho; o, más bien, es un hechizo. Mas no faltará mi brindis para ella– y vació de un solo sorbo el contenido de su vaso.

–Y tú, Acrino, ¿a quién amas? Dinos el nombre de tu bella y cumple con beber como debes.

El efebo sonrió malignamente.

–A –dijo.

Y bebió una copa.

–*C*

Apuró otra.

Todos oían con curiosidad.

–*R.*

Otra.

–*I.*

Otra.

–*N.*

Otra.

–*O.*

Otra.

Y clamó con voz de plata:

–Yo soy Acrino, el enamorado de Acrino. Mi querida es Acrino. Acrino es la belleza. Acrino es hijo de Venus. ¡Beberé otra copa más por Acrino!

El poeta pidió mirto y rosas; Folión, mirto.

Y Acrino:

–Rosas, rosas, rosas, rosas...

Los dos niños, risueños, formaban las coronas y las iban colocando en la cabeza de los señores.

El Hombre de Oro sacó unas cuantas monedas y las arrojó a los esclavitos. Axio hizo beber a uno de ellos en su copa un trago de vino, y celebró la gallardía del muchacho. Lucio Varo le dio un beso en cada mejilla.

Acrino llamó al más bello, rubio como él, fino como un amor. Hizo como que iba a besarle; el niño dio un grito.

En un hombro se le vio una mancha roja: una rosa roja parecía en verdad, con todos sus pétalos, el cruel mordisco.

Folión miró bondadosamente a su amigo nervioso:

–¡Mi buen Acrino, el aulón te traiciona! Como un ave de oro venía el faisán en su gran fuente, echado en un nido de apios. Lucio Varo, cuyo humor se alegraba por momentos, saludó su entrada con una cita alusiva.

–Es mi plato de honor –dijo Folión–. ¿Procedemos a la rifa de las porciones? Estoy seguro, bravo vecino mío, que la suerte de Venus será vuestra. El Hombre de Oro sonrió, mirando vagamente, cual si persiguiese una imagen esquiva, en el aire. Un esclavo trajo los dados. Tiró el centurión; tiró el poeta; tiró Acrino; polión, luego; luego, el Hombre de Oro. Ganó él.

Sirvióse, pues, primero, la mejor parte del ave sabrosa. Después, Axio propuso los brindis venusinos, en tanto que servían el vino más delicioso.

–Tú, por tu admirable Lina, Axio, comienza –dijo el anfitrión–: *L*

El centurión bebió una copa.

–*I.*

Otra.

–*N.*

Otra.

–*A.*

Otra. Todos le aplaudieron.

–Ahora, tú, poeta, en memoria de la bella rubia Celia, que te ha hecho escribir tus más lindas odas.

Arrancó una rosa de su corona; la deshojó en su vaso y bebió. Su rostro brillaba purpúreo. Reía. Estaba ebrio.

–Y tú, Polión –dijo Axio–, ¿por quién bebes? ¿Has olvidado, o has abandonado ya a la encantadora Hostilia? ¡Ocho veces has de beber!

Entre aplausos bebió Polión tantas veces cuantas letras tenía el nombre de Hostia. Y cabalmente en ese instante oyóse, al lado de la habitación en que se sentía caer el agua de la cañería, musicalmente, otra risa que no era la del agua diamantina y sonora: una risa comprimida que dejaba escapar sus gotas de cristal superando la música de la fuente. Al mismo tiempo movióse el gran cortinaje de púrpura que ocultaba la entrada a aquel recinto.

–¡Eh! –gritó Axio–, ¿qué ninfa tienes oculta en la gruta de la fuente? ¿Acrino ha despertado a Eco? ¿Qué sorpresa nos reservas, amigo sin par, anfitrión incomparable? La de hoy sospecho será más grata que la de los días pasados en que nos aguaste el vino haciéndonos oír las lucubraciones de dos flamantes filósofos, de los cuales el estoico me hacía bostezar y el peripatético me cerraba los párpados.

Di la verdad. ¿Qué ocultas tras ese cortinaje?

Todos apoyaron bulliciosamente al centurión. –Cierto –dijo Quinto Flavio–, os reservo una agradable sorpresa, pero será para el momento en que Lucio Varo quiera hacernos escuchar algunos de sus versos.

Tras varios manjares que acreditaban la fama del cocinero de la villa, Axio tuvo grandes entusiasmos por unos exquisitos espárragos en aceite y por fragantes melones de Ostia, de finísima pulpa nectárea. A propósito de los primeros, contó una anécdota referente a César, el cual era poseedor de excelente estómago. Sucedió que llegando a Milán encontró a su amigo Valerio León, que le hospedó en su casa. A la hora de la comida, fue a la mesa con varios amigos que le hacían compañía, y entre los platos que les presentaron había uno de espárragos con salsa aceitosa; mas aconteció que en lugar de aceite había puesto ungüento el cocinero. César percibió el error, mas no dijo palabra por no herir la delicadeza de quien le hospedaba. Los tres comensales sí protestaron; mas César les reprendió, diciendo estos conceptos:

–Basta no comer lo que no agrada; y el que reprende esta rusticidad es quien se acredita de rustico. De los melones, Axio no contó nada; mas se comió una copiosa porción.

El vino había encendido aquella fiesta amistosa. Polión envió a un esclavo a que colocase coronas junto a los nichos en que se asentaban los simulacros de Dionisio y de Venus.

–Y bien, Varo, ¿tus versos? –insistió Polión.

–Sí, afirmó Acrino–, ¡versos, Varo, versos!

–Perdonadme, amigos míos –respondió el poeta–. He saludado al faisán con una cita de Varrón. Pero no gusto de cantar ni declamar los versos míos. No lo hago en público, y en la intimidad, procuro que ello suceda las menos veces que me sea posible. El Odeón no se ha hecho para mí una de las cosas que aplaudo en el prudente Horacio es el haberse evitado esas exhibiciones, por lo cual se acarreó algunas enemistades, pero consiguió el aplauso de los varones sensatos. Tu abuelo, mi querido Quinto Flavio, que promovió las recitaciones en público, no trabajó poco para hacer que su amigo fuese a leer sus poesías. El poeta se oponía con justicia ¿Qué entiende esa conglomerada muchedumbre, cuya mayor parte se compone de gentes de seco seso? ¡Cómo se va a presentar uno, semejante a un histrión, histrio, mima!, a divertir con el don de Apolo a los apiñados concurrentes a un teatro:

Spissis indigna theatris

Scripta pudec recitare,

dice, el lírico razonablemente. No, no seré yo quien imite a los perfumados poetastros que hacen su gárrula música para adular al vulgo profano. Y en intimidad tampoco. Si mis amigos me comprenden, si son de mi familia intelectual, perfectamente; pero es esto muy raro. En general, junto a los compañeros inteligentes, suelen encontrarse en los festines bien epilados farsantes, obtusos mundanos que se dan aires de conocedores: oyen con la sonrisa en los labios, acompasan con la cabeza las sílabas de vuestros versos, y os felicitan ineptamente por lo que no han comprendido; otros os burlan en su interior y os miran con lástima por vuestros pensamientos nefelibáticos; otros, los peores, los mediocres, vulgares aretálogos, os envidian, os muerden cuando habéis partido y escriben vuestro nombre grotescamente en las paredes del cuarto de una prostituta...

—¡Pero nosotros! —interrumpió Axio.

—Vosotros, lo sé, tenéis toda mi amistad y mi estimación. Si no fueses quien eres, Folión, digno nieto de tu abuelo, yo no sería tu amigo. Tú tienes tanto corazón como mente. Y así como siguiendo el consejo del arquitecto Vitruvio has colocado tu biblioteca de modo que le dé el sol, tu alma está colocada también de manera que recibe de frente los rayos divinos del arte. En cuanto a vosotros, sois dignos huéspedes de Quinto Flavio Folión, y en vuestro obsequio leeré algunos versos; pero no míos. Dame tu Horacio, amigo. Quiero leer las estrofas que cantan la gloria de tu sangre. Entre tanto, bebamos.

Trajeron los pergaminos de la biblioteca.

—Ahora, la sorpresa: ¡la lira y la hermosura! —dijo Quinto Flavio.

—¡Hostilia!

Del cortinaje de púrpura surgió una bella mujer, fresca y alegre como una Risa. Era Hostilia la lirista, querida de Folión.

Venía coronada de flores. Era un tanto delgada, mas como el contorno de una lira había en las curvas caderas, y la línea encantadora descendía del muslo diánico hasta la pierna fina que se entreveía ceñida de las cintas de la sandalia dorada. En el rostro oval chispeaban los fuegos negros de los ojos, bajo el casco apretado de la cabellera abrumadora, la gran cabellera azul que ella portaba como una canéfora su cesta. El fulgor de las luces de los grandes lampadarios de bronce hacía lucir el brillo suave de perla entre la sangrienta gracia de la sensual sonrisa. Un verde y sedoso estrofio circundaba lo alto del talle estrechando la túnica de lino. Los brazos desnudos sostenían una lira. De aquel cuerpo primaveral animado de perpetuo ritmo, cultivado como una rosa, emergía, más que el perfume violento del ungüentario, la fragante y pura exhalación de la favorita de Juvencia.

—¡Hostilia! ¡Bien venida, Hostilia! —exclamaron todos.

Los esclavitos condujeron un ancho cojín. Instantes después la lira estaba sonando; y al sonido vibrante se juntó la voz de Lucio Varo, que comenzó su declamación:

Mocum ex Mecello consule civicum...

Hasta la parte final en que hizo resonar el último verso:

Quaere modos leviore plectro.

Alzaron las copas:

–¡Al gozo, sí, al gozo!

Folión clavó sus miradas en la querida. Ella, risueña, mirándole a su vez ardientemente:

–¡Amado!

Y Folión:

–Ahora, acompaña, alhaja mía, otro canto. Tú, Acrino, recitarás lo que tan bien sabes, tu parte de aquel diálogo horaciano. Tú, Lucio, serás el enamorado Horacio.

Asintió el joven, gustoso. Trajeron otro rollo, para Varo, pues Acrino sabía de memoria la parte que le tocaba, la parte de Lidia. Y así, blandamente, alternando, en una acariciadora melodía de lira, comenzó el canto el poeta:

Donec gratus eram tibi

Nec quisquam potior brachia candida?

Ccrvíci juventis dabat;

Persarum vigui rege beatior.

Hostilia en la lira formaba una deliciosa música de amor en que se juntaba el comienzo de un lamento por el florido antes, y una contenida fuga apasionada delante de la hermosura que encadena las potencias del lírico.

Acrino, con un acento lánguidamente femenino, contestó:

Donec non alia magis

Arsisti, neque erat Lydia post Chloen

Multi Lydia nominis

Romana vigui claríor Ilia

La lira dijo entonces un amor antiguo, cuya llama aún vivía dormida; y un resplandor de celos como un rubí encendido sobre la dormida llama:

Lucio Varo prosiguió:

Me nunc Thressa Chloe regit,

Dulces docta modos, et citharae sciens;

Pro qua metuam mori,

Si parcent animae fata superstiti.

La lira resonó corno la cítara de Chloe, con la violencia de una furiosa locura lasciva. Era la tentación, el llamamiento de la rival potente y bella.

Acrino, entonces, con fascinación y sutil recelo, va a despertar a su vez los celos contrarios:

Me corree face mutua

Thurini Calais fílius Omychi;

Pro quo bis patiar mori,

Si parcent puero fata superstiti.

Y la lira dijo cómo era de tentador a su vez el joven taren tino, y cómo Lidia sentía el influjo de su encanto; y cómo por él sacrificaría la existencia. (Mas la lira dijo también, en sus cuerdas de voz baja, cómo el corazón de la antigua querida palpitaba por la reconciliación con el amado.)

–Varo:

Quid? si prisca redit Venus,

Diductosque jugo cogit aheneo?

Si nava escutitur Chloe,

Rejeccaeque patet janua Lydiae?...

Entonces la lira, en un trueno de pasión, hace resonar sus alambres, y de sus alambres como que revolasen, en armónico torbellino, besos y abejas de oro, mientras la voz de Acrino-Lidia canta en su cálida lengua latina:

Quamquam sidere pulchrior

Fille est; tu levior cortice, et improbo

Iracundior Hadria

Tecum vivere amem, tecum abeam libens.

Al concluir, aclamáronles Quinto Flavio y el centurión.

–¡Una taza de mi mejor falerno, porque Venus os sea propicia! –exclamó el primero.

Al beber, notaron que el Hombre de Oro se había quedado dormido.

Dos horas más tarde, los huéspedes de Folión descansaban en dos distintos departamentos de la villa, y él y el Hombre de Oro volaban en una carroza camino de la ciudad. Al llegar a un punto descendieron y se dirigieron a pie, pasando la puerta que por este lado daba entrada al barrio en que se hallaba el lugar denominado de las Tres Tabernas. Se detuvieron en una casa de triste aspecto, en cuya puerta había una linterna encendida. Llamó Folión y se entreabrió la puerta, dando paso a una vieja cuya cabeza cubría una caperuza oscura.

–¿Batta?

–¡Ah señor! ¡Buenas noticias!

El Hombre de Oro se adelantó a escuchar atentamente.

La vieja prosiguió:

–Todas las noches pasa por aquí, sola, o en compañía de un hombre que juzgo sea su hermano.

–¿La has seguido? Mira que no se trata de ases, sino de buenas libras de oro.

–Ilustre señor, la he seguido. Entra en una casa que está al fondo de esa callejuela. Quién habita allí no lo sé aún. Va mucha gente al mismo lugar, sobre todo extranjeros, griegos y judíos. Juzgo sea una hospedería. Todo se hará, todo; no tengáis cuidado. Todo se hará, o Batta no sabe su oficio.

Los ojos metálicos del Hombre de Oro tuvieron un relámpago. Iba a hablar Folión, cuando la vieja le hizo señal de que callase, y le indicó una mujer que se dirigía hacia la callejuela cercana. A la luz del cielo de la noche se notaba ser una joven, casi una niña.

–Es ella –dijo Batta.

El Hombre de Oro pareció sobresaltado.

–¿La seguiremos? –preguntó a Folión asiéndole de un brazo.

Éste hizo un movimiento de cabeza afirmativo. Entonces se dirigieron por la senda que seguía la joven. El Hombre de Oro procuraba darle alcance; ella, viéndose perseguida, apuró el paso. El Hombre de Oro la llamó:

–¡Oíd, oíd una palabra!

La joven comenzó una carrera de Atalanta. En la calleja estaban todas las puertas cerradas. Todo estaba solitario.

La persecución fue rápida. Llegaron al fondo de la callejuela. Había allí una casa, formada de tablas y piedras entre los cimientos de una antigua mansión derruida.

La joven empujó violentamente la puerta de la casa y penetró en el momento en que estaba ya cerca de ella su seguidor.

Al penetrar gritó:

–¡Socorro! ¡Favorecedme por nuestro Señor Jesús!

Folión alcanzó a su compañero, fatigado, y le dijo al verle reír:

–¡Buen fauno!

Quedaron uno y otro respirando con cansancio cerca de la puerta.

Entonces, entre un grupo de hombres y mujeres que exclamaron: «¡Lucila!», se adelantó, con una lámpara de arcilla en la mano, hacia Folión y su compañero, un anciano de larga cabellera, vestido de una túnica gris, ceñida a los riñones con una cuerda de lana.

–¿A quién buscáis? –preguntó.

La luz dio de lleno en el rostro del Hombre de Oro. El anciano le contempló fijamente; y en ese instante su faz se tornó pálida y su gesto cinceló una máscara de asombro. La lámpara de arcilla cayó de sus manos. El Hombre de Oro retrocedió un poco y se cubrió el rostro con la toga. Y Malco dijo con una voz de espanto:

–¡Judas de Kariot!

III

Lucio Varo está en su casa; ha dejado el lecho temprano; ha querido ver el sol. Una brisa fresca y ligera le conduce, convivialmente, el halago de la mañana. Ha pasado casi toda la noche sin dormir. Hay días en que el insomnio le visita.

Su mente trabaja; en las penumbras del ensueño, se diría que trabaja sola. Hele ahí hoy, un tanto pálido, con los ojos circundados por vagas, tenues ojeras, al resplandor naciente del carro auroral. Va y viene por la habitación, arregla sus tabletas de cera. Va y viene y piensa. ¿En qué piensa?

Sale la primera llama del sol decorando prodigiosamente con una floración de luces suaves la parte oriental del cielo. El oro profuso y creciente dora a Roma. Las oscuras construcciones se levantan en la luz. El amanecer funde en aire matinal las mieles etéreas y musicales de su despertadora alegría. Lucio Varo se asoma a respirar el ambiente, cubierto de su blanca toga, y el codo en el mármol, la barba en la mano, contempla el advenimiento de la aurora, y piensa...

«...Roma, grandiosa Roma, alta Imperia, señora del mundo. A tu mirada se levanta la gloria, toda vestida de fuerza, con la palma sonora en la diestra y la sandalia mágica sobre el cuello del trueno. Tú, este vino de fuego que nos pone en las venas el ritmo, esta violencia de la latina sangre transmutaste de la ubre que a los labios sedientos de Rómulo llevó, en el primitivo día, la áspera Lupa...

»Siete reyes primero contemplaron las siete colinas. Y del prístino tronco brotó la rica prole. Coronó la República el laurel de los Montes Sabinos, el de la bella Etruria y la palma de Lacio. ¡Magno desfile de altos esplendores!, las arduas conquistas, el patricio y la plebe, literas consulares, hachas, lictores, haces... ¿En qué gruta aún resuena misteriosa y divina armonía, la olímpica palabra que en la lírica linfa escuchó de su náyade Numa?...

»¡Y he ahí el coro de águilas! ¿De dónde vienen victoriosas? De los cuatro puntos del cielo; de la ruda Cartago, de las islas felices, de la blanca y sagrada Atenas...

»Y las tuyas, ¡oh César!, de los bosques augustos de Galia, y llevadas por todos los vientos que bajo el solar fuego soplan sus odres. Del soberbio Imperator resplandece la altiva diadema, y su mano, al alzarse, cual la de Jove, rige, capitolina...»

Y Lucio Varo pasa luego a varias impresiones que le preocupan desde hace algún tiempo.

He aquí la primera: Una tarde había ido por el Tíber, en una barca pescadora, en compañía de varios marineros, y de un retórico su amigo, Arselio, persona afecta al César y a la sazón renombrada por haber recibido de la magnificencia imperial cuatrocientos mil sestercios, en pago de un diálogo culinario. Celebraba éste la vida pomposa y alegre de Tiberio; la ingeniosa disposición de sus festines, y hasta ciertos sangrientos y voluptuosos caprichos; de sus banquetes notaba sus oportunas ocurrencias y arranques, su cultura manifestada ya con Seleuco el gramático, con Arselio, o con Zenón el griego.

–¿Sabéis –dijo Arselio– cuáles han sido las tres preguntas que ha hecho en el último festín, sin que nadie haya podido contestarlas satisfactoriamente? Son éstas: «¿Qué nombre tenía Aquiles en la corte de Nicomedes?» «¿Quién fue la madre de Hécuba?» «¿Qué cantaban las sirenas?»

–Yo también habría quedado silencioso, pero mi saber no encontraría respuesta justa. Sobre todo, la última cuestión es, a mi entender, la más grave: «¿Qué cantaban las sirenas?» Yo me imagino que cantarían dulces cantos de amor, más dulces que los que Pan hace brotar de los carrizos de su siringa. Sus cuerpos se alzarían sobre las rocas; florecerían de rosas las sirtes; sus cabelleras serían desatadas y tendidas como áureas banderolas por los vientos; los astros de delicia de sus ojos prometerían la consecución de la dicha inmortal y en tanto sus lenguas dirían la gloria de Venus. Ningún imán como su canción, hechicera de los aires, que sería como un son luminoso que con su deleite dominaría los sentidos y encadenaría el pensamiento; así las naves eran conducidas hacia el origen de tan imperiosa música, y solo aquel que como los compañeros de Ulises tuviese el ardid de taparse las orejas, escaparía a la muerte, prófugo de la melodía.

Y al leve ruido de los remos había hablado uno de los marineros:

–¡Oh nobles señores! Es la hora en que cantan las sirenas; todas las tardes voy a oírlas con mis compañeros. Si sois varones de buena voluntad, yo os conduciré a que escuchéis sus canciones, canciones inauditas y ciertamente encantadoras.

Arselio había reído. Pero Varo volvió a la tarde siguiente con los mismos pescadores.

Con no poca sorpresa habían oído la palabra de aquel hombre, rústico al parecer, pero en cuyos claros ojos había una sinceridad celeste. Y, conducido por los remeros, había ido, río arriba, entre las impalpables gasas de violeta del crepúsculo, hasta un recodo en donde, cerca de altas rocas, no lejos de un bosque de olivos fragantes y de viñas vírgenes, la barca se había detenido...

Se detuvo la barca; y luego la comente la fue llevando con blandura hasta el punto en que pareció oírse como un concierto de maravillosas voces.

En el agua del río comenzaban a temblar recién nacidas las estrellas del firmamento, y del olivar vecino y de la viña virgen llegaba un vaho aromado y tibio, tal como si Cibeles entreabriese su vestidura y dejase escapar el perfume de su prolífico seno.

Y vio, en medio de las brumas crepusculares, una teoría de mujeres vestidas de blanco que llevaban en las manos ramas verdes y cestos de flores. Una fosa acababa de cerrarse; al lado de ella un grupo de hombres parecía orar; y la blanca teoría cantaba con una voz suave.

¿Qué cantaban las sirenas?

No era aquel ningún sacrificio a divinidades marinas o rústicas, ni los cantos jubilosos de la vendimia, o las alabanzas a Dionisio; ni era tampoco el canto de Adonis, ni el alegre y vibrante de las fiestas de Flora. Las voces se elevaban delicadamente cristalinas, y decían la llegada y el triunfo de un espíritu nuevo. Las almas eran como lirios de esperanza; los corazones, alados y fragantes, se elevaban, libres de los garfios del mundo, en un anhelo de azul; el dolor habíase santificado, las lágrimas se habían tornado siderales gemas; el sacrificio había logrado la más excelsa virtud. Del polvo humilde brotaba el tallo sagrado cuya flor pura e imperial tenía por exhalación el aliento del paraíso. Y todo irradiaba a la mirada del Dios nuevo; del grande y único Dios.

Su espíritu se conmovía como agitado por desconocidas ráfagas. ¿Qué culto extraño tenía por sacerdotisas aquellas mujeres de voces melifluas? Él había oído hablar de las ceremonias orientales en que se celebraba a la gran diosa...; mas, en medio de los cantos, el nombre de Cristo llegó a sus oídos; eran, pues, aquellas gentes sectarios del ídolo de cabeza de asno...

La canción de la sirena continuaba, y como la noche había ya entrado, brillaron antorchas cerca de la recién cerrada sepultura.

«¡Gloria al señor, gloria al Rey Jesús, al santo Cristo, que ha ascendido a la diestra del Padre! Porque Él nos da la prodigiosa gracia de la fe y del amor de los amores. Amor es el fruto del espíritu; paz, fruto del espíritu es, y bondad, y benignidad, y mansedumbre, y templanza, fruto del espíritu son. Y el dolor es de Cristo; padezca el que le ame; Él dará el mayor de los premios: la corona inmarchitable y el gozo infinito...

»Gloria al victorioso, al que muere en el Señor y asciende por su fuerza y virtud al eterno reino. El alma sagrada vence a la miserable carne hija del polvo, y vuela a la vida imperecedera. El Señor es rico en misericordia y nos ofrece la resurrección y nos salva. Seamos fuertes contra las tinieblas y ofrezcamos nuestras flores, nuestra sangre y nuestros pensamientos en nuestras obras al Señor Jesucristo. El cual es todo bien y reinará por los siglos de los siglos...»

Y los hombres y la teoría misteriosa habían desaparecido entre las sombras del campo. Y él había vuelto en la barca, pensativo; y el marinero le había hablado en su lenguaje de claridad y de frescura, de manera que él le habría juzgado dueño de una potencia secreta; le había hablado de una hermandad naciente en Roma, de ideas nuevas, de un hombre extraordinario que acababa de llegar de Grecia, cuya elocuencia superaba todas las elocuencias y cuya filosofía se levantaba sobre la de otros filósofos, como un águila sobre palomas; ese hombre se llamaba Pablo.

Lucio Varo había llegado a su casa profundamente preocupado por la aventura. Tuvo sed y se dirigió a tomar agua a una pequeña fuente protegida por un simulacro de Pan. Parecióle entonces que el agua, al caer, sonaba como una risa y que se manifestaba una expresión de burla en la máscara de bronce del dios tutelar.

****

Varo miraba al fondo de su alma. Quizá fuese por la primera vez, embriagado antes de un vino de primavera... Su juventud ha sido una fiesta de liras y de rosas, y aun los mismos dioses han sido echados en olvido por el cuidado de sus cantos y de sus besos; ha sido infatigable sacrificador de tórtolas y su mano estuvo siempre cerca del ánfora. Sus versos florecían en su misma psique, perfumados con su íntima esencia, y su filosofía era un amable vergel epicúreo.

A veces creía haber existido en los tiempos en que Evandro, al brillar el lucero de la mañana, congregaba a la orilla del Tíber su pueblo de árcades; a veces creía contemplar, rememorando un vago ensueño, un horizonte inmenso en cuyo fondo se divisaban fabulosas y monumentales arquitecturas; a veces, un país luminoso en donde se alzaban columnas marmóreas, blancos pórticos y purpurinos *velariums* a la orilla de un golfo sonoro y azul.

En su existencia, dos pensamientos han sido los que han dominado su espíritu: el Amor y la Muerte.

El Amor con la incontenible tiranía de la carne, el Amor incendiario y loco que humedece los hocicos de las fieras y hace rugir y aullar los bosques; el Amor omnipotente santificado en el ritual de la más bella de las diosas y cuya voluntad sentía en los latidos de su sangre: en su sangre sentía toda la vida de la Naturaleza; en sus sentidos, la llama animadora del mundo. Y la Muerte, que le hacía temblar; la Muerte, pálida como la pintara el lírico, vagando en la noche, al amparo de Hécate, que hace florecer los hechizos vegetales y lamentarse de pavor a los perros.

La segunda impresión había sido su entrevista con aquel hombre extraordinario...

Varo había visto a Pablo, el predicador de la nueva secta. Pablo ha estado en prisión, y ha sido puesto en libertad; proclamaba sin traba ninguna la verdad de su doctrina. Vive en su casa tranquilamente, visitado por los afiliados a su cofradía. Varo le ha hablado, ha discutido con él más de un punto filosófico. Ha hallado un hombre áspero y terco, pródigo de fuertes gestos y de fulminantes miradas; mas a través de su aspereza, de su terquedad, de sus relámpagos, creeríase oír un blando rumor de abejas.

Habíalo conducido a casa de Pablo el marinero de la barca, Nereo. Y Pablo había abierto a sus ojos puertas desconocidas que daban a un hasta entonces para él ignorado universo.

¡Ah!, él había, ciertamente, pensado algunas veces en su cristalina mariposa interior, y la había soñado revolando en un jardín en que mecían auras exquisitas el follaje de los plátanos platónicos... Luego, algún pájaro estoico salía de un oculto boscaje y le cantaba su canción...

La mariposa revolaba, la cristalina psique, y oía no muy lejos del bello jardín un charlar de ranas. «Sabed —decían— que hoy los mismos niños comienzan a reír de las ranas negras de Estigia...; nosotros sabemos que el viejo barbudo que iba en la barca se ha ahogado en las aguas oscuras. Desolación para aquel que al cortarse el hilo de su vida lleve el óbolo apretado en la diestra...»

Y de otros labios había oído otras palabras. Alguien, un condiscípulo suyo, le había hecho meditar una vez con cortas frases: Después de la muerte todo concluye; la muerte también. Júpiter estaba ya muy viejo, no podía procrear como antaño. Le había tocado, ¡a él también!, la ley Papia. Temblaba ya el viejo dios, temeroso de que, en su senectud, fatigadas las piernas, o anquilosadas por el trono, calvo, sin fuerzas para alzar siquiera las cejas, llegase alguien, más fuerte, e hiciese con él lo que él hiciera un tiempo con el caduco Saturno.

Ya en las casas, los dioses lares no tenían virtud alguna, y parecían mudos y sordos. De pronto se había callado la palabra oracular. De abajo, al mismo tiempo, llegaba un sordo rumor, quejas y protestas. Los cesares eran los verdaderos dioses...

Pablo había tronado delante de él. Como Varo se quejase de las súbitas aflicciones de su espíritu, después de los instantes casi felices de la inquietud que se despertaba en su ser, por la falta de una dirección espiritual, advirtió en las pupilas de Pablo algo como el nacimiento de dos misteriosas estrellas, y alrededor de su cabeza como un vapor de sol; y oyó que el nuevo filósofo tronaba delante de él:

–¡Tenéis sed!, mas mirad que para apurar el agua estáis imposibilitado como Tántalo, amarrado como Prometeo. Queréis tener la sabiduría del hombre desdeñado, la sabiduría de Dios. Ésa es la que os calmará la sed, ésa es el agua oculta y llena de excepcionales vitalidades. Yo os anuncio que la verdad está únicamente en Dios, que para ir a Dios hay que ascender por el espíritu. Habéis consagrado vuestra vida a los ídolos. ¡Tened cuidado con los ídolos! Os coronáis de flores y apuráis el vino, dignos seguidores de los príncipes de este siglo. ¿Y Cristo? ¿Y el Señor Dios? ¿Y la maravilla de su palabra empurpurada con su martirio? Dejad las cosas fatuas del mundo, que son vanidad y locura y vileza y podredumbre. Yo os digo a vos, que sois romano, lo que digo al judío a quien despreciáis, y al griego a quien imitáis. Vuestros dioses han pasado como una nube: el Dios de Cristo es el único Dios. Él se nos ha revelado por espíritu, no por el mundo; su Espíritu, fuego santísimo de bien y de verdad.

Y otra vez, como Varo le hubiese hablado, después de escucharle largamente, de sus dos fijos pensamientos, el amor y la muerte, le había contestado:

–¡Carne!, ¡carne!, ¡carne! Al ir un día en mi caballo de combate, en un bosque sereno y saturado de fragancias, vi a vuestro dios Pan sentado en la raíz de un árbol gigantesco, sonando su flauta. De las fuentes cercanas salían las ninfas a escucharle. Y todo el bosque olía a macho cabrío. Tal es el perfume de la divinidad de pies hendidos, tal el aroma que se esparce de vuestro amor: ¡carne! Sois carnales; vuestros sexos os dominan. Sois los esclavos de las potencias del mal, que os encadenan con sus zarzas ardientes. Sí; vuestro cuerpo está atado al daño, siendo su destino el Señor. Vuestro cuerpo no tiene por objeto la lucha de las fornicaciones. Dios es para el cuerpo y el cuerpo es para el Señor. No es esa flor de vida ni de Pan, ni de Venus, ni de Apolo, ni de los malos espíritus que animan los ídolos de Oriente: del Señor es. ¡Amor!, el amor es del Espíritu, es la consagración al Espíritu, la llama del Espíritu. Vos pensáis en el Amor como fiebre de la sangre y trabajo del cuerpo: yo os digo que el que fornica, contra su propio cuerpo peca.

Y Varo había murmurado suavemente delante del trueno:

–Mas mirad cómo la omnipotencia del Amor que procrea y fecunda se siente sobre todas las cosas, y todas las cosas están sujetas a ella. ¿Por qué vos, elocuente y sabio, predicáis en contra de la Naturaleza? ¿Iréis a decir esas palabras a las palomas de los nidos y a los tigres de Hircania? ¿Las diréis a los peces del mar, a las semillas de la tierra y a las parras fragantes que dan coronas a los poetas? Yo soy un poeta, señor, y vuestro Dios, os lo confieso, si me quita los labios de las mujeres y los cálices de las rosas, me da tristeza y me da miedo.

Luego proseguía manifestando sus desfallecimientos subitáneos y su deseo de encontrar ayuda. Era verdad que él asistía a los sacrificios y ceremonias del culto, y dirigía sus súplicas a los simulacros de los dioses; mas ya la duda se había apoderado de su alma, y las divinidades tutelares le parecían figuras sin voz y sin espíritu. En cuanto a su filosofía..., la existencia era fugaz como el viento y había que coger la flor en la primavera y el fruto en otoño. ¿Qué traían los anunciadores del cristianismo? ¿Era entonces aquélla la religión de la muerte y el culto del Dolor?

Pablo, con una voz solemne y profunda, le habló entonces de los clamores de abajo, de las lamentaciones de los tristes y de los oprimidos. Él anunciaba la religión que consolaba a los oprimidos y a los tristes. No era sino el mensajero de una invasión de rayos consoladores. El Buen Pastor de Galilea había traído la luz del mundo. No era la luz para el griego, para el judío, para el romano, sino la gracia universal. La moral pagana no había sido valla para contener el torrente de corrupción que caía desde lo alto del imperio, desde el trono de los cesares. El cristianismo llamaba a los desheredados a un ágape fraternal bajo el amparo del Señor, cuyo espíritu se cernía sobre el universo, penetrando en todos los corazones...

El sol había ya salido. Varo recordó que dentro de pocos momentos iría a buscarle Axio, el centurión, con quien asistiría a una fiesta del César, en la villa de Capua.

Tiberio había oído hablar del poeta y había manifestado deseos de invitarle a sus festines.

¡Tiberio! Este nombre le trajo de nuevo a la memoria las frases de Pablo sobre los padecimientos de los desheredados; la fraternidad universal al amparo de Dios, los crímenes de la altura social, los vicios imperiales vestidos de oro, mientras, abrumado por los impuestos, el pueblo padecía, murmuraba con un murmullo de ola, allá abajo... Su corazón pagano, su corazón de poeta, era sensible a los dolores ajenos, y todo su epicureísmo de los primeros años se impregnaba hoy de una honda conmiseración para con los esclavos y los pobres. Había hambrientos y miserables, en tanto que en las mansiones de potentados insensatos se devoraban, en las orgías, para vomitarlas después, viandas que iban a buscar, más allá del Fasio, animales traídos de la tierra de los Partos; conchas y alimentos marinos que se conseguían en las remotas riberas del océano... Recordaba que Cayo César había comido en una cena diez millones de sestercios... Él mismo, ¿no había regalado su estómago más de una vez con murenas que se habían alimentado con carne humana, carne de esclavos?...

Así prosiguió en sus meditaciones, hasta que un ruido de pasos y una voz conocida que le saludaba le sacaron de sus íntimos pensamientos. Era Axio.